サバンナのいちにち

斉藤 洋さく・高畠 純え

もくじ

夜《よ》明《あ》け　4
朝《あさ》　16
お昼《ひる》まえ　30
お昼《ひる》　45

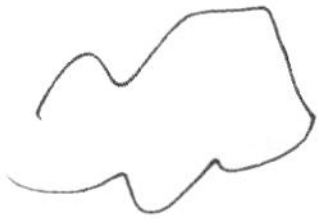

昼《ひる》さがり 54
お昼《ひる》と夕方《ゆうがた》のあいだころ 70
夕方《ゆうがた》 84
夜《よる》 94

夜《よ》明《あ》け

くらい空《そら》いっぱいに、金色《きんいろ》や銀色《ぎんいろ》の星《ほし》がかがやいています。
月《つき》はありません。
サバンナのまん中《なか》に、一本《ぽん》だけ、ものすごく高《たか》いバオバブの木《き》があります。
その木《き》のいちばん高《たか》いえだに、大《おお》きいハゲワシがねむっています。
おや？　そのえだのすぐ下《した》のえだが、ゆらりと、ゆれましたよ。
それは、わかいワシのえだです。
「ふわあー……。」

ワシが大《おお》きくつばさをひろげて、あくびをしました。それから、ワシはいったんつばさをとじて、空《そら》を見《み》あげました。

鳥《とり》たちは、夜《よる》、あまりよく目《め》が見《み》えません。くらくても、ぜんぜんだいじょうぶなのは、フクロウのなかまだけです。ですから、今《いま》、ワシに見《み》えるのは、空《そら》の星《ほし》だけなのです。

上《うえ》のえだではまだハゲワシがねています。ワシはなるべく音《おと》をたてないようにして、つばさをひろげ、二ど三どとはばたいてから、空《そら》にまいあがりました。そして、ずんずん高《たか》くあがっていき、夜《よる》のやみにきえました。

どんなにしずかにやっても、ワシがはばたけば、バサバサと音《おと》がたってしまいます。

ワシがとびたった音《おと》で、ハゲワシは目《め》をさましました。
ハゲワシは毎日《まいにち》、その音《おと》で目《め》をさますのです。
ハゲワシはワシがとんでいったほうを見《み》あげました。といって
も、なにしろ、ハゲワシはフクロウのなかまではないので、星《ほし》のほ
かは、あまりよく見《み》えません。
「毎朝《まいあさ》、毎朝《まいあさ》、あいつ、よくがんばるなあ……。」
ハゲワシがひとりごとをいったとき、ハゲワシがとまっているえ
だがほんのちょっとゆれました。
うしろからだれかがとんできて、とまったようです。
「おはようございます、ハゲワシさん。」
その声《こえ》は、アフリカにすむワシミミズク、アフリカワシミミズク

です。

アフリカワシミミズクは、ワシのなかまではなく、ミミズクやフクロウのなかまです。ですから、くらいところがとくいです。

「おかえり、アフリカワシミミズクくん。そのあたりで、ワシくんにあわなかったかね。」

ハゲワシがたずねると、アフリカワシミミズクはうなずきました。

「そこで、ワシさんとすれちがいましたけど、ワシさんはわたしに気《き》づかなかったようです。空《そら》の高《たか》いところしか、見《み》ていませんからね、ワシさんは。」

「そうなんだよなあ……。」

とつぶやいて、ハゲワシはためいきをつきました。

じつは、ワシは天《あま》の川《がわ》を星《ほし》のあつまりだとは思《おも》っておらず、空《そら》をながれる川《かわ》だと思《おも》っているのです。あんなにきれいに見《み》えるのだから、水《みず》だって、すごくきれいにちがいないと思《おも》っているのです。

アフリカのサバンナの一年《いちねん》は、雨《あめ》がおおい半年《はんとし》と、雨《あめ》のふらない半年《はんとし》にわかれています。そして、今《いま》は、雨《あめ》のふらない半年《はんとし》のおしまいのほうです。だから、もうずいぶん長《なが》いあいだ、雨《あめ》はふっておらず、ワシは大《だい》すきなことができずにいます。

大《だい》すきなことって、なんだって？

それは、水《みず》あびです。ワシはきれいな水《みず》で水《みず》あびするのが大《だい》すきなのです。

ワシがとんでいったほうを見《み》あげて、アフリカワシミミズクはいいました。

「天《あま》の川《がわ》は川《かわ》じゃないって、ハゲワシさんがおしえてあげればいいのに。」

「なんどもおしえているよ。でも、ワシくんは、天《あま》の川《がわ》は川《かわ》だって、そういいはるんだ。」

「だけど、空《そら》が明《あか》るくなれば、天《あま》の川《がわ》は見《み》えなくなって、どこにあるのか、わからなくなるでしょ。」

アフリカワシミミズクが、空《そら》からハゲワシのほうに目《め》をうつして、そういうと、ハゲワシは小《ちい》さくうなずきました。

「そうさ。でも、だからといって、夜中《よなか》にここをとびたったら、天《あま》

の川《がわ》にはたどりつけても、くらくてかえり道《みち》がわからないって、ワシくんはそういってる。」

「夜中《よなか》にとびたっても、天《あま》の川《がわ》にはたどりつけませんよ。だって、天《あま》の川《がわ》は星《ほし》なんだから。」

そういって、アフリカワシミミズクはまた空《そら》を見《み》あげました。

そのとき、東《ひがし》の空《そら》がうっすらと、むらさき色《いろ》にかわりました。まもなく夜明《よあ》けです……、と思《おも》っているうちに、いきなり空《そら》がオレンジ色《いろ》にかわり、お日《ひ》さまがほんのちょっと顔《かお》をだしました。

ハゲワシはまばたきをしていいました。

「まあ、ワシくんにとっては、夜明《よあ》けまえに天《あま》の川《がわ》にむかって、力《ちから》いっぱいとんでいくのが、朝《あさ》のトレーニングみたいになっているんだろう。べつに、天《あま》の川《がわ》までいけなくても、いいんじゃないかな。天《あま》の川《がわ》が見《み》えなくなったら、おりてきて、あとは一日中《いちにちじゅう》、あちこちとびまわって、日《ひ》がくれるころ、この木《き》にかえってくるっていうのが、ワシくんの一日《いちにち》だからね。」

「わたしと、ちょうどはんたいですよね。」

アフリカワシミミズクはそういうと、ぴょんとはねて、すぐ下《した》のえだにとびうつりました。

それは、さっきまでワシがいたえだです。

アフリカワシミミズクは一ど大《おお》きくつばさをひろげ、またとじると、

「それじゃあ、ハゲワシさん。おやすみなさい。」

といって、すぐにねいきをたてはじめました。

ハゲワシは、

「おやすみ、アフリカワシミミズクくん。」

といって、下《した》のえだを見《み》おろしました。

はっぱのあいだから、アフリカワシミミズクのまるい頭《あたま》が見《み》えます。

ハゲワシはひとりごとをいいました。
「だが、バオバブの木《き》はあっちこっちにあるのに、しかも、この木《き》だって、えだはたくさんあるのに、なんだってまた、ワシくんとアフリカワシミミズクくんは、おなじえだのおなじばしょでねるんだろう。このバオバブの木《き》がこのあたりでいちばん大《おお》きいバオバブ

で、とおくまでけしきが見《み》えるからかな。」

でも、それはまちがっています。

そのえだをワシがつかうのは、日《ひ》ぐれちかくから明《あ》け方《がた》まえです。

アフリカワシミミズクがつかうのは、明《あ》け方《がた》まえから、日《ひ》ぐれまでです。だから、それはふたりにとって、あまりよく目《め》が見《み》えない時間《じかん》なのです。ですから、けしきはかんけいありません。

きっと、ワシもアフリカワシミミズクも、ハゲワシのことがすきだから、ハゲワシのえだのすぐ下《した》のえだで、ねるのではないですかねえ……。

朝《あさ》

日《ひ》がのぼると、いつもサバンナから、ちかくのぬまにさんぽにいくサイがいます。

そのぬまは、雨《あめ》のふらないきせつでも、水《みず》がのこっているので、いろいろなどうぶつや鳥《とり》が水《みず》をのみにやってきます。ですから、しっかりお日《ひ》さまがのぼってしまうと、水《みず》べはこんざつします。

まだどうぶつたちがあまりこないうちに、サイはでかけていきます。

ふつう、ぬまの水《みず》べというのは、ぐねぐねまがっていますが、そのぬまには一かしょだけ、水《みず》べがまっすぐなところがあります。

そこは草《くさ》もはえず、でこぼこもなく、まるで道《みち》のようになっています。

なぜ、そこがそうなっているかというと……。

まっすぐになっている水《みず》べの、かたほうのはずれまでくると、サイはぬまにむかって、

「きたぞーっ！」

と大声《おおごえ》をあげます。そして、一口《ひとくち》、水《みず》をのみます。
すると、すぐちかくの水《みず》の中《なか》から、ぷくぷくとあわがたちます。
それをたしかめると、サイは、
「よっしゃー、いくぞ！」
といい、それから、水《みず》べの土《つち》をふみならすようにして、
ドンドンと音《おと》をたてて、足《あし》ぶみをします。
雨《あめ》がふらず、水《みず》べの土《つち》はかわいていますから、
すなけむりがあがります。
それがすむと、こんどは、サイは、
「よーい……。」
といい、そのあとすぐ、

「どん！」

と声《こえ》をあげ、かけだします。

くどいようですが、なにしろ、雨《あめ》のふらないきせつですから、じめんはかわいています。そこをものすごいスピードでサイがはしっていきますから、もうもうとすなぼこりがあがります。

朝早《あさはや》く、そこに水《みず》をのみにきたどうぶつは、そのすなぼこりを見《み》ると、水《みず》べからどきます。

もうれつないきおいで、はしってくるサイにたいあたりされたら、ひとたまりもないからです。

それなのに、毎朝《まいあさ》はしってくるサイをまちかまえているどうぶつがいます。それは、三とうのヒョウです。三とうはまだこどもで、三《み》つ子《ご》のきょうだいです。

ほかのどうぶつが水《みず》べにいると、サイは、

「ちぇっ……。」

としたうちして、スピードをおとすか、そのどうぶつをよけてはしるか、どちらかです。でも、いくてに三とうのヒョウのこどもがあらわれても、サイはスピードをおとしたり、コースをかえたりはしません。

サイはかまわず、フルスピードではしっていきます。

もうすぐぶつかるというところまでくると、まず、一とうのヒョウのこどもが、

「ひゃっ！」

と声《こえ》をあげて、すぐそばのやぶににげこみます。

そのあと、もう一とうが、

「だめだ！」

といって、おなじように、やぶに

にげこみます。

あと五歩《ほ》か六歩《ぽ》で、サイがぶつかるというところで、三とうめのヒョウのこどもが、

「やったあ!」

といって、またおなじように、やぶににげこみます。

サイがはしりさると、さいごににげたヒョウのこどもが、ほかの二とうにいいます。

「きょうは、ぼくがいちばんだ。」

三とうのヒョウのこどもは、はしってくるサイをまちかまえていて、だれがいちばんあとまで、そこでがんばれるか、きょうそうしているのです。

三とうはこれを、〈朝《あさ》のこんじょうだめし〉といっています。

でも、もし、ヒョウのこどものだれかがにげおくれたら、どうなるのかって？

もちろん、そのヒョウのこどもはサイのつのに……ということにはなりません。

三とうのヒョウのこどもたちがまちかまえているのは、毎朝《まいあさ》のことです。いざとなったらどうするか、サイはきめてあります。つのがだれかにぶつかりそうになったら、はしっているいきおいはそのままで、コースをかえて、水《みず》にとびこめばいいのです。そうすれば、ヒョウのこどもにぶつかりません。

でも、そういうことがおきたことは、まだ一《いち》どもありません。

三とうのヒョウは、なにしろまだこどもですから、サイがぶつかるすんぜんまで、にげずにがまんすることができないからです。サイも、そのことをしっています。

そうやって、もうれつなスピードではしりぬけ、まっすぐな水《みず》べのおわりまでくると、サイは水面《すいめん》に目《め》をやります。

それで、そこに、ぷくぷくとあわがたっていたら、サイは、

「ちぇっ。まけたか……。」

と小《ちい》さな声《こえ》でつぶやいて、水《みず》べをはなれ、かえっていきます。

でも、そこに、あわがたっていないと、サイはうれしそうに目《め》をほそめ、

「きょうはかったぞ！」

大《おお》きな声《こえ》でひとりごとをいって、水《みず》べからかえります。

いったい、サイはなにをしているのでしょう？

じつは、毎朝《まいあさ》、ぬまの水《みず》の中《なか》で、サイをまっている大《おお》きなどうぶつがいるのです。それは、一とうのカバです。

そのカバは、サイが、

「よーい……、どん！」

とあいずをすると、水《みず》の中《なか》をはしりだします。

およぐのではなく、水《みず》のそこをはしるのです。

カバはのろのろしているようにみえますが、たとえ水《みず》の中《なか》でも、みがるにうごいたり、かなりのスピードではしれたりするのです。

ぬまの水《みず》はにごっていますから、カバがはしっているすがたは、りくからは見《み》えません。

水中《すいちゅう》でカバがはしっているとき、水《みず》べではサイがはしっています。

つまり、二とうは、そうやって毎朝《まいあさ》、かけっこをしているのです。

それで、カバがゴールにつくと、鼻《はな》からぷくぷくあわをだしま

す。ですから、サイがゴールしたときに、あわがたっていれば、カバがさきについていたということで、サイのまけになります。

あわがまだたっていなければ、まだカバがきていないということで、サイのかちになります。

そうやって、サイが毎朝《まいあさ》はしるので、そこは草《くさ》もはえず、でこぼこもなく、まるで道《みち》のようになっているのです。

サイがぬまからはなれるころ、たくさんのどうぶつや鳥《とり》が水《みず》をのみにやってきます。ヒョウのおかあさんも、こどもたちをむかえにやってきます。

かえるとちゅう、サイはヒョウのおかあさんにすれちがいます。

「こどもたちがいつも、ごめいわくをおかけして、すみません。」

すれちがいざまに、ヒョウの
おかあさんがそういうと、サイは、
「いや、なに。かわいい
お子《こ》さんたちですねえ。」
とこたえます。
それは、毎朝《まいあさ》、おなじです。
サイがカバにかった日《ひ》も、
まけた日《ひ》も、
それはかわりません。

お昼《ひる》まえ

サバンナには、あちらこちらに、シマウマのむれがいます。

むれには、たくさんのシマウマがいますが、シマウマどうしでけんかになったり、だれかがまいごになったりすることはありません。なぜなら、むれのシマウマたちはみな、気持《きも》ちがぴったりあっていて、心《こころ》がひとつだからです。

そんなわけですから、むれの中《なか》の一とうがびっくりすると、それはすぐに、ほかのシマウマたちにつたわって、ほとんどどうじに、むれのぜんぶのシマウマがびっくりすることになります。

そして、びっくりしたシマウマが、いそいではしりだそうとすると、そのはしりだしたい気持《きも》ちが、すぐほかのシマウマにつたわって、これまたほとんどどうじに、みんないっぺんに、おなじほうにむかって、はしりだすことになるのです。

こういうシマウマたちのせいしつをしっていて、いたずらをするどうぶつがいます。

それはオカピです。

オカピはキリンのなかまで、シマウマはウマのなかまですから、オカピとシマウマはぜんぜんしゅるいのちがうどうぶつです。

オカピには、みじかいつのがありますが、シマウマにはありません。

シマウマには、たてがみがありますが、オカピにはありません。けれども、にているところもあります。大《おお》きさは、そんなにちがわないし、オカピのまえあしとうしろあし、それからおしりには、シマウマとおなじようなしまがあるのです。だから、おしりだけ見《み》ると、オカピはシマウマににているのです。

オカピたちはサバンナのはずれの林《はやし》にすんでいますが、ときどき、林《はやし》からでて、ひとりでサバンナにやってくるオカピがいます。

いったい、なにをしにサバンナにくるのかって？

シマウマたちに、いたずらをするためなのです！

お日《ひ》さまはだいぶ高《たか》くなったけれど、まだお昼《ひる》にはまがあるというしろ、オカピは林《はやし》からサバンナにでてきます。そして、首《くび》をぐっとのばして、シマウマのむれをさがします。

なにしろ、シマウマはみな、おなじ気持《きも》ちでいますから、たいてい、みんなでそろって、おなじほうを見《み》ています。さもなければ、みなそろって、草《くさ》をたべています。

オカピはそういうシマウマのむれを見《み》つけると、うしろからそっとちかづいていきます。

シマウマはみな、おなじほうを見《み》ていますから、うしろからオカピがちかよってきても、だれひとりオカピに気《き》づきません。

ぬきあし、さしあし、しのびあし……。

オカピはそうっとシマウマのむれのそばまでいくと、いちばんうしろにいるシマウマのおしりをツン……。

みじかいつので、シマウマのおしりをおすのです。

おしりをつつかれたシマウマは、はっとして首《くび》をあげ、ふりむきます。

すると、どうでしょう。じぶんのうしろに、顔《かお》にしまもないし、たてがみもないシマウマがいるではありませんか！

もちろん、それは、顔《かお》にしまがなく、たてがみのないシマウマではなく、オカピなのですが、おしりをつつかれたシマウマは、むれにシマウマでないどうぶつがいるとは思《おも》いもよりません。ですから、シマウマだと思《おも》ってしまうのです。

でも、そのシマウマには、顔《かお》にしまもないし、たてがみもありま

せん。

それじゃあ、いったい、これ、だれなんだろう？　シマウマのはずなのに、シマウマじゃない……。だとすると……。

おしりをつつかれたシマウマは、そこで思《おも》わず声《こえ》をあげます。

「わっ！　おばけだ！　シマウマのおばけだ！」

すると、どうなるでしょう。

シマウマのおばけがあらわれたというおどろきは、すぐにほかのシマウマにつたわり、みなでいっせいに、

「わっ！　おばけだ！　シマウマのおばけだ！」

とさけび、こわくなって、いっせいにかけだします。

もちろん、みなそろって、おなじほうにむかって、かけだしま

す。

オカピもいっしょにはしって、シマウマのむれについていきます。

しばらくはしると、シマウマたちは、みな、ほとんどどうじに、おちつきをとりもどします。

「おばけなんか、いるはずないよ。」

たちどまって、だれかがひとりごとをいうと、それがすぐ、ほかのみんなにつたわって、みんなそろってたちどまり、ひとりごとをいうことになります。

「おばけなんか、いるはずないよ。」

「おばけなんか、いるはずないよ。」

「おばけなんか、いるはずないよ。」

みんながほとんどどうじにひとりごとをいうので、それはもう、ひとりごとというよりは、がっしょうです。

オカピも、

「おばけなんか、いるはずないよ。」

といいながら、うつむいて、じめんを見《み》ながら、ゆっくりむれのせんとうまであるいていきます。

うつむいてあるくのは、シマウマたちに顔《かお》を見《み》られないようにするためです。

たちどまっているシマウマたちには、そばをあるいていくオカピのおしりしか見《み》えません。

「おばけなんか、いるはずないよ。おばけなんかいるはずないよ。おばけなんかいるはずないよ。」

そうつぶやきながら、オカピはいちばんまえまでいって、

「おばけなんか……。」

といったあと、いきなりふりむいて……。

「いるもんね、ここに！」

と大声《おおごえ》でいいはなちます。

シマウマだと思《おも》ったら、顔《かお》にしまはないし、たてがみもありません。

オカピのすぐちかくにいたシマウマは、

「わっ！　おばけだ！」

とさけんで、うしろをむいて、にげだします。
そうなると、ほかのシマウマたちも、うしろをむいて、はしりだします。
シマウマのむれが、もときたほうにむかって、はしっていきます。
もちろん、オカピはおいかけます。
しばらくにげると、シマウマた

ちのうちのだれかがおちつきをとりもどして、たちどまります。

そうすると、ほかのシマウマたちも、たちどまります。

そうして、みなでゆっくりうしろをふりむくと……。

シマウマではないけれど、まえあしにしまのあるどうぶつがこちらにちかづいてきます。オカピです。

なあんだ。あれは、まえあしだ

けシマウマににているだけで、シマウマでもないし、シマウマのおばけでもない。

シマウマたちはいっせいに、そう気《き》づきます。

すぐそばまできたオカピに、シマウマたちはどうじにたずねます。

「おばけのまねをして、ぼくたちをおどかしたね。きみはいったい、だれだい？」

すると、オカピはにゅにゅっとべろをだし……。

べろべろ、べろべろ、べろりん、べろりん……。

「わ、わ、わ！　やっぱりおばけだ！」

一とうのシマウマがおどろいて、にげだすと、ほかのシマウマた

ちも、ほとんどどうじににげていきます。

どうしてかなあ……。

オカピがべろをだして、なにをしたのかって？

じつは、オカピのべろはものすごく長《なが》くて、じぶんの目《め》のまわりをなめることができるほどなのです。つまり、じぶんのべろで、じぶんの顔《かお》をべろべろ、べろべろ、べろりん、べろりん、なめまくることができるのです。

オカピはそれをシマウマたちに見《み》せてやったというわけです。

じぶんのべろで、べろべろ、べろべろ、べろりん、べろりん、じぶんの顔中《かおじゅう》なめることができるなんて……。

やっぱり、おばけだ！

シマウマたちはそう思《おも》って、にげていったのです。
オカピは三どもシマウマたちをおどろかして、大《だい》まんぞく。
鼻歌《はなうた》を歌《うた》いながら、林《はやし》にかえっていきます。
あしたはまた、ちがうシマウマのむれを見《み》つけて、おなじいたずらをするつもりです。

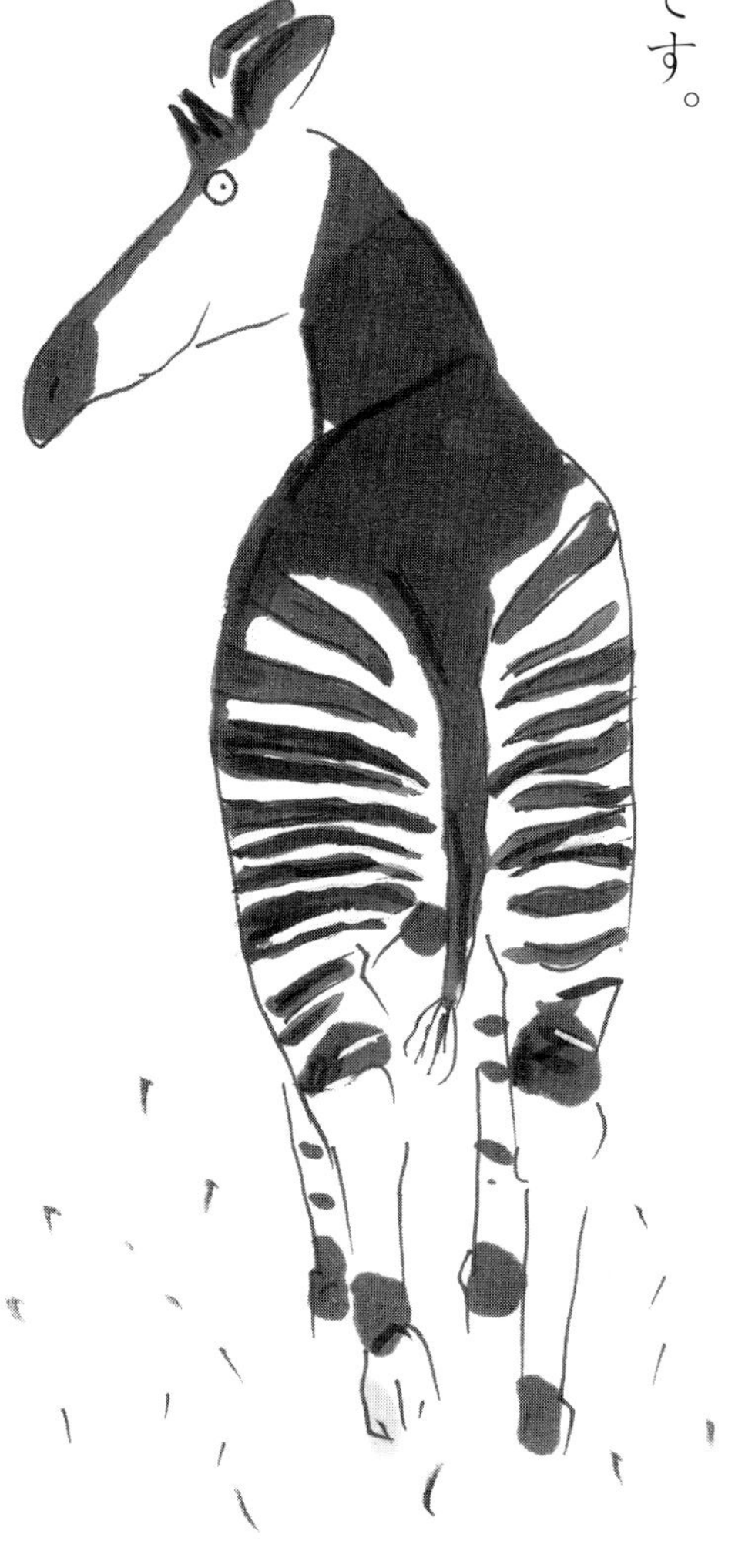

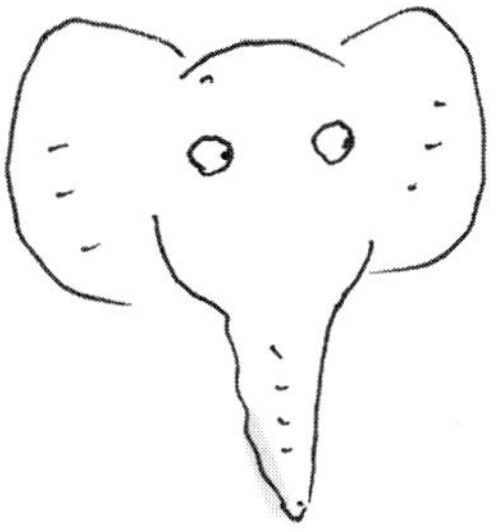

お昼《ひる》

お日《ひ》さまが空《そら》のてっぺんにきました。

お昼《ひる》です。

サバンナのずっとむこうに、黒《くろ》いてんてんが見《み》えます。

てんてんは、だんだん大《おお》きくなってきます。

すなけむりがあがっているところを見《み》ると、だれか大《おお》きなどうぶつがこちらにやってくるようです。

てんてんではなく、てんてんですから、一とうではありません。

ちゃんというと、てんてんでもありませ

ん。てんてんてんてんてんてんてん、です。

ぜんぶで七とうというみです。

だんだん、すがたがはっきりしてきました。

ややややっ！　あれはゾウです。

そうです。ゾウです！

ゾウのかぞくがこちらにむかって、あるいてくるのです。

雨《あめ》がふらないきせつのおわりころには、サバンナの草《くさ》もへってきて、ゾウたちのたべる草《くさ》がたりなくなります。ゾウたちは一日中《いちにちじゅう》あるいて、草《くさ》をさがすのです。

七とうのゾウのうち、二とうはまだこどもです。

おとなのゾウたちにかこまれ、二とうのゾウはがんばってあるき

ます。

ときどき、まだ水《みず》がのこっている水《みず》たまりがあれば、そこで水《みず》をのみます。

草《くさ》をたべたり、水《みず》をのんだりして、あるいてくるので、ゾウのかぞくは、なかなかちかくまでやってきません。

ようやく、はなし声《ごえ》がきこえるところまで、やってきました。

耳《みみ》をすませて、ゾウたちがなにをはなしているのか、きいてみましょう。

「もうちょっとあるけば、もっと草《くさ》のあるところにつくから、がんばるのよ。」

そういったのは、ゾウのおかあさんです。

「あと、どれくらい？」
ゾウのこどもにきかれ、
ゾウのおかあさんは空《そら》を見《み》あげ、
「お日《ひ》さまが、もうちょっと
西《にし》にかたむくころには、草《くさ》の
あるところにつけると思《おも》うよ。」
とこたえました。
「今《いま》は水《みず》たまりもすくないが、
雨《あめ》のきせつになれば……。」
その声《こえ》はゾウのおとうさんです。
「あちこち川《かわ》だらけだ。どこも

かしこも水《みず》びたしだ。
そうなったら……。」
そこまでいって、ゾウの
おとうさんは長《なが》い鼻《はな》を
ひとふりさせました。

それで、そのあとをゾウのおとうさんがいわないので、もう一とうのゾウのこどもがたずねました。

「そうなったら、どうなるの？」

「ああ。そうなったら、ゾウもしずんでしまうほど、川《かわ》がふかくなるのさ。」

ゾウのおとうさんのことばに、二とうのゾウのこどもはびっくりして、

「パオーッ！」

と、二とうそろって、声《こえ》をあげました。

二とうのうちの一とうがおとうさんにたずねました。

「そうなったら、どうなるの？」

もう一とうのゾウのこどもがしんぱいそうにいいました。

「みんな、おぼれちゃうんじゃない？」

ゾウのおとうさんは左右《さゆう》に首《くび》をふりました。

ついでに、りっぱな鼻《はな》も左右《さゆう》にふりました。

ブルン、ブルン、ブルン、ブルン！

「だいじょうぶ！　おとうさん

がふたりに、およぎをおしえてあげるからな。」

これは、あまりしられていませんが、ゾウはおよぎがうまいのです。ほんとうです。

ゾウのおとうさんはそれから、こういいました。

「川《かわ》のふかいところでは、およぎをおしえてやる。あさいところでは、鼻《はな》からとおくに水《みず》をとばすやりかたをおしえてやろう。」

それをきいて、二《に》とうのゾウのこどもは、たのしいきぶんになってきて、げんきがでてきました。

これなら、つぎの草《くさ》のあるところまで、あるいていけそうです。

ゾウのかぞくがとおりすぎていきます。

そうそう。ゾウには、きまったうちはありません。一日中《いちにちじゅう》、一年《いちねん》中《じゅう》、サバンナ中《じゅう》、あちこち、たびをつづけているからです。雨《あめ》のきせつでも、それはおなじです。ゾウはたくさん草《くさ》をたべますから、おなじところにいては、草《くさ》がたりなくなるのです。だけど、あんまりあつかったり、雨《あめ》がはげしくふって、目《め》をあいていられないようなときはどうするのでしょう。

うちがないと、こまらないのかな。

だいじょうぶ！　ゾウのこどもたちは、おとうさんのゾウや、おかあさんのゾウのおなかの下《した》に、はいるのです。そうすれば、つよい日《ひ》ざしも、はげしい雨《あめ》もふせげます。

ゾウのこどもたちにとって、ゾウのおとうさんとおかあさんは、がんじょうなおうちでもあるのです。

昼《ひる》さがり

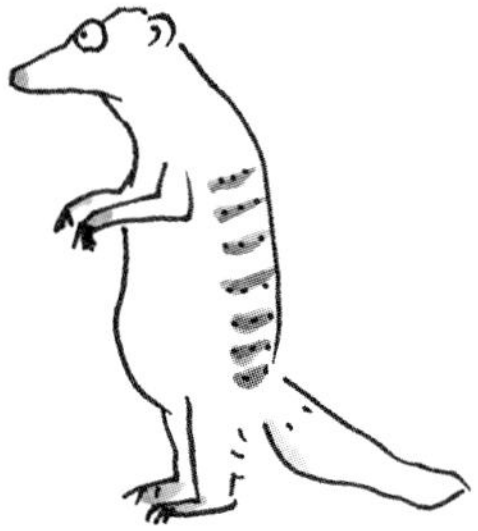

インドにすんでいるマングースと、キングコブラはたまに、けんかをするそうです。

サバンナのマングースはシママングースといって、キングコブラとは、けんかをしません。なぜかといえば、アフリカのサバンナには、キングコブラはいないからです。

でも、インドのマングースがキングコブラとけんかをするはなしは、サバンナのシママングースにもつたわっていて、それがどうやら、かっこうのいいでんせつみたいになっているのです。

もうずいぶんまえのことです。

ある昼《ひる》さがり、むれの中《なか》の、わかいおすのシママングースがあつまって、いろいろなうわさばなしをしているとき、だれかがこんなことをいいました。

「おれたちもやっぱり、かっこういいことしないといけないと思《おも》うんだよ。」

そういったのは、ぜんぶで十ぴきいる、わかいおすのシママングースのリーダーです。べつにきょうだいではないのですが、ほかのわかいおすのシママングースから、アニキとよばれています。

だれかがアニキにたずねました。

「だけど、どうやって？」

「キングコブラっていうやつは、頭《あたま》が三角《さんかく》で、おれたちの七ばいも大《おお》きいらしい。しかも、どくがあって、がぶってかまれたら、おしまいだ。そういうやつをやっつけたら、おれたちもヒーローになれる。」

アニキがこたえると、ほかのだれかがききました。

「頭《あたま》が三角《さんかく》のやつとけんかをすると、ヒーローになれるのか？」

「もんだいは頭《あたま》が三角《さんかく》ってとこじゃなくて、おれたちの七ばいも大《おお》きくて、どくがあるっていうところだ。そういうのをやっつけたら、かっこういいだろ。」

アニキがそういうと、みな、

「たしかに！」

となっとくしました。

その日《ひ》から毎日《まいにち》、昼《ひる》さがりになると、わかいおすのシママングースはアニキをせんとうに、ぞろぞろならんで、あちこちでかけるようになりました。

まあ、さんぽみたいなものです。どうせ、キングコブラはいないのですから。

それで、きょうの昼《ひる》さがり、林《はやし》のちかくまできて、せっかくだから、林《はやし》の中《なか》にはいってみようということになり、アニキをせんとうに、ぞろぞろならんで、林《はやし》にはいっていこうとしました。

もちろん、サバンナにキングコブラはいません。でも、林《はやし》のおくのジャングルには、ニシキヘビがいます。その日《ひ》、たまたま一ぴきのとく大《だい》サイズのニシキヘビが

ジャングルから林《はやし》をぬけて、サバンナを見《み》にいこうとしていました。それで、シママングースたちが林《はやし》までやってきたとき、まがわるいというか、なんというか、林《はやし》からにゅっと顔《かお》をだしたのです。

林《はやし》からでてきた顔《かお》を見《み》て、アニキはヘビだとわかりました。

でも、たしかに顔《かお》は大《おお》きいけれど、かたちは三角《さんかく》ではありません。

それでも、ヘビにはちがいないので、きょうのところは、こいつとけんかをしようと、アニキは思《おも》ったのです。

そこで、林《はやし》から顔《かお》をだしたニシキヘビにアニキは、

「おい！」

と声《こえ》をかけました。

ニシキヘビにしてみれば、ひろびろとしたサバンナを見《み》にきただけです。ちらりとアニキを見《み》ただけで、そのままとおりすぎようとしました。

アニキはニシキヘビにむしされ、むっとしました。そこで、もういちど、

「おい！」

と、さっきより大《おお》きな声《こえ》でいいました。

ニシキヘビはしらん顔《かお》で林《はやし》からでていこうとします。

それで、シママングースの頭《あたま》のてっぺんからしっぽのさきまでの長《なが》さくらい、ニシキヘビが林《はやし》からでてきたところで、アニキは、

〈まだまだだな……。〉

と思《おも》いました。なぜなら、キングコブラはシママングースの七ばいくらいの長《なが》さだ、ときいていましたから。

でもね、ニシキヘビはキングコブラよりずっとずっと大《おお》きくて、そうなると、まだまだどころではありません。まだまだ、まだまだ、まだまだ……くらいです。

ニシキヘビが、シママングースのちょうど七ばいくらいの長《なが》さま

で林《はやし》からでたところで、アニキはそろそろぜんぶだろうと思《おも》い、ニシキヘビに、

「どこにいくんだ。まて!」

といいました。

どうやら、けんかをうられているらしいと、ニシキヘビは気《き》がつきましたが、小《ちい》さなシママングースをやっつけても、たいしてじまんにはならないし、それに、サバンナにきたのは、毛《け》のはえた小《ちい》さ

などうぶつとけんかをするためではなく、けしきをたのしむためです。

ニシキヘビはシママングースのことはほうっておき、ずんずん林《はやし》からでていきます。

頭《あたま》はとっくに、アニキのまえをとおりすぎています。もう、アニキのからだの十ばいくらいでています。

アニキはごくりとつばをのみこ

みました。それでも、なんとか、
とおりすぎるニシキヘビの長《なが》いおなかを見《み》ながら、

「おい、まてよ……。」

といいました。そういっても、声《こえ》の大《おお》きさはさっきの半分《はんぶん》くらい
になっています。

じつは、アニキは、さっきから気《き》づいていたのですが、林《はやし》からでてきたヘビはけっこうふとくて、じぶんたちのおなかよりふといのです。

とうとう、ニシキヘビのしっぽのさきまで、でてきました。

長《なが》さは、わかいシママングース十五ひきぶんくらいです。

こわくなったアニキは、それでもゆうきをふりしぼり、

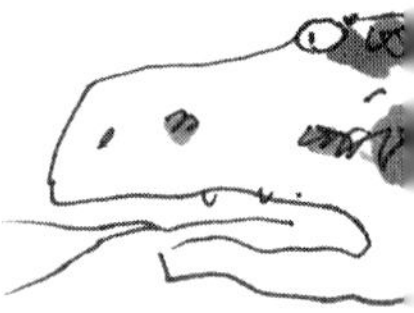

「あ、あの……。」

といってみました。

ここにきてようやく、ニシキヘビは、頭《あたま》をぐっとあげ、ふりむいて、

「なんだ？」

とへんじをしました。

そのとき、赤《あか》くて長《なが》いべろが口《くち》の中《なか》からにゅっとでました。

それが、アニキのゆうきのげんかいでした。

でも、そのときには、ほかの九ひきのシママングースのゆうきは、とっくにげんかいをこえていて、
アニキがみんなに、

「にげよう。」

というためにふりむいたときはもう、みな、にげてしまって、そこにはいなかったのです。

サバンナと林《はやし》のさかいめで、アニキは、じぶんよりも十五ばいも大《おお》きい、というか十五ばいも長《なが》いニシキヘビとふたりきり……。

さて、にげた九ひきのシママングースですが、みな、アニキもいっしょににげたと思《おも》っていました。でも、とちゅうでアニキがいないことに気《き》づきました。それで、しんぱいになり、みなで林《はやし》までもどっていきました。

けれども、アニキのすがたはどこにもありません。

林《はやし》にもはいって、あちこちさがしましたが、見《み》つかりません。

しかたなく、みなで、とぼとぼと、ならんでうちにかえっていきました。

もどってみても、アニキはかえってきていません。むれには、もっとおとなのシママングースがたくさんいます。そういうシママングースに、アニキがいなくなったことをはなさなくてはなりません。でも、はなせば、しかられるにきまっています。

どうしようかと、九ひきのシママングースがこそこそそうだんしていると、日《ひ》がくれかかるころになって、アニキがかえってきました。どこにも、けがはないようです。

ほっと安心《あんしん》して、だれかがアニキに、

「どうしたんだよ？　あのでっかいヘビとけんかをしたのか？」

とたずねると、アニキは、

「いやあ、けんかっていうか、なんていうか、まあ、ちょっとあそんでやったのはじじつだ。」

なんていいましたが、それいじょう、なにをきかれても、こたえませんでした。

いったい、ニシキヘビと、なにがあったのでしょうかねえ……。

お昼《ひる》と夕方《ゆうがた》のあいだころ

サバンナのまん中《なか》あたりに、大《おお》きなアカシアの木《き》がなん本《ぼん》か立《た》っています。そのうちの一本《ぽん》の木《き》の下《した》に、わかいチーターのふうふがすんでいます。ふたりには、男《おとこ》の子《こ》がひとりいて、まだ小《ちい》さいぼうやです。

ごぞんじのように、チーターはものすごく足《あし》がはやいのですが、チーターのぼうやは、なにしろまだ小《ちい》さいぼうやですから、あまりスピードがでません。

そうはいっても、カエルの子《こ》はカエル、チーターの子《こ》はチーターですから、このさき、どれだけ足《あし》がはやくなることか……。

チーターのぼうやはおとうさんに、毎朝《まいあさ》、かけっこをおしえてもらいます。

でも、チーターのおとうさんはわかくて、そのぼうやがはじめてのこどもなのです。ですから、いろいろなことをどうやっておしえていいのか、まだ、よくわかっていません。それで、かけっこをおしえるときでも、もうれつなスピードではしってみせるだけで、チーターのぼうやがまるでおいつけなくても、気《き》にしないのです。

そうなると、どうなるか？

かけっこのれんしゅうがおもしろくなくなってくるのです。いくらやっても、おとうさんにおいつかないからです。

ところで、チーターのかぞくがすんでいるアカシアの木《き》のとなりの、そのまたとなりのアカシアの木《き》のふといえだに、一とうのおすのライオンがすんでいます。

そのライオンは、むかしはむれのボスだったのですが、年《とし》をとってきて、いんたいし、今《いま》はひとりでアカシアの木《き》のえだにすんでいます。

チーターのぼうやがおとうさんと毎日《まいにち》かけっこのれんしゅうをしているのは、そのライオンも見《み》ています。

九ひきのシママングースがアニキをさがしているころ、チーターのぼうやがひとりで、ライオンがすんでいるえだの下《した》をとおりかかりました。

ライオンは、えだからそれを見《み》おろして、声《こえ》をかけました。

「ぼうや。おとうさんとおかあさんは？」

「ふたりで、さっきでかけたよ。ぼく、るすばんなんだ。」

チーターのぼうやがそういうと、ライオンはえだからとびおりて、いいました。

「それなら、ちょうどいい。おじさんは、たいくつしていたとこな

……

んだ。ちょっと、かけっこをしてみないか。」

じつをいうと、チーターのぼうやは、かけっこなんか、したくないのです。でも、せっかくライオンがさそってくれているのに、ことわるのはしつれいだと思《おも》いました。そこで、

「うん。だけど、ぼく、そんなにはやくないんだよ。」

とこたえたのです。

すると、ライオンはアカシアのえだからとびおりて、

「だいじょうぶ。おじさんだって、足《あし》はあんまりはやくないからね。どうだね、むこうのバオバブの木《き》の下《した》までっていうのは？」

といいました。

そんなにとおくないところに、バオバブの木《き》が立《た》っています。

アカシアの木《き》からそこまでは、チーターの親子《おやこ》のかけっこのコースになっています。

「わかった。」

チーターのぼうやはうなずくと、

「よーい、どん！」

といって、さきにかけだしました。

いくら年《とし》をとっていても、なにしろもとはボスのライオンですから、チーターのぼうやよりはずっと足《あし》がはやいのですが、それでもライオンは、チーターのぼうやにおいつきそうになっても、すぐにはおいこさず、わざとスピードをおとして、またひきはなされ、そのあとまたおいこしたりして、バオバブの木《き》の下《した》に、ちょっとだけ

はやくつきました。

ライオンのすぐあとにゴールしたチーターのぼうやは、いきをきらし、くやしそうに、いいました。

「も、もうちょっとだったのになあ……。」

「ううむ。おしいところだったな。」

ライオンがそうこたえると、チーターのぼうやはいいました。

「ねえ、おじさん。またあした、きょうそうしない？」

ライオンはうなずいて、こたえました。

「いいとも。」

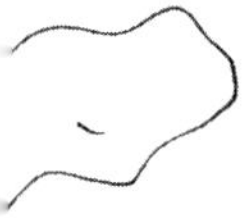

ライオンはチーターのぼうやと
アカシアの木《き》にむかってあるきながら、

〈いつかは、本気《ほんき》ではしっても、この子《こ》においつかなくなるだろうなあ。〉

と思《おも》いました。

チーターのぼうやがライオンにいいました。

「ねえ、おじさん。ライオンのおじさんとかけっこをして、まけちゃったんだけど、もうちょっとだったって、おとうさんに、そういっていい？」

そのとき、ライオンはチーターのぼうやの右《みぎ》がわをあるいていたのですが、いったんうしろにさがり、それからすぐ、チーターのぼうやの左《ひだり》にならびました。

そうやってあるくところをかえ、ライオンはこたえました。

「もちろん、そういっていいよ。」

なぜ、ライオンがあるくばしょをかえたのかって？

じつは、チーターのぼうやの左《ひだり》に、しげみがあって、そこがガサリとあやしくうごいたからです。

ゾウのほか、ライオンにかなうどうぶつはサバンナにいません。でも、チーターのぼうやは、なにしろまだ小《ちい》さいので、ライオンは用心《ようじん》したのです。

しげみはそれきりしずかになりました。

〈なんだ、気《き》のせいだったか……。〉

ライオンはちょっとしげみに目《め》をやり、チーターのぼうやとかえっていきました。

ところで、ガサリとうごいたしげみですが、じつは、シママングースのアニキとニシキヘビがひそんでいたのです。

ライオンとチーターのぼうやがいってしまうと、アニキはニシキヘビにいいました。

「だんな、ごらんになりましたか？　あれがライオンっていうやつです。サバンナじゃあ、いちばんつよいっていわれてます。でも、ゾウにはかないませんけどね。」

「じゃあ、いっしょにいたのは、ライオンのこどもか？」

ニシキヘビにきかれ、アニキは首《くび》をふりました。

「いえ。あれはチーターのこどもです。」

「どうして、ライオンがチーターのこどもと、はしったり、あるい

たりしているんだ？」

「さあ、そこんとこは、わたしにもわかりませんけど……。」

アニキはそういうと、さきにしげみからでて、まだしげみの中《なか》でとぐろをまいているニシキヘビに声《こえ》をかけました。

「つぎは、ゾウを見《み》にいきましょう。わたし、ゾウのとおり道《みち》、しってるんです。」

「そりゃあ、いい。じゃあ、さっそくそこにいってみよう。」

といって、ニシキヘビはとぐろをといて、しげみからでてきました。

シママングースがニシキヘビのサバンナツアーのガイドをしているこ

ともあれば、ライオンがチーターのかけっこのコーチをしていることもあるのです。

サバンナというのは、じつはそういうところなのです。

夕《ゆう》方《がた》

サバンナの西《にし》の空《そら》がオレンジ色《いろ》にそまりはじめます。

ダチョウが一わとキリンが一とう、ならんで夕《ゆう》やけをながめています。

ダチョウが首《くび》をピンとのばして、せのびをすると、キリンがおじぎをするみたいに、頭《あたま》をさげます。するとまた、ダチョウがせのびをして、キリンが頭《あたま》をさげます。

ふたりでなにをしているのかというと、おしゃべりをしているのです。

キリンはせが高《たか》いので、ダチョウはせのび

をして、はなしをします。そのほうが、よくキリンにきこえるからです。

ダチョウはキリンほどせが高《たか》くないので、キリンは頭《あたま》をさげて、しゃべります。そのほうが、よくダチョウにきこえるからです。

そんなふうにして、さっきからふたりではなしをしているのです。

「夕日《ゆうひ》って、きれいですね、キリンさん。」

「そうですね、ダチョウさん。朝日《あさひ》もいいけど、夕日《ゆうひ》はぐっとおもむきがありますからね。」

「なるほど、それで、夕日《ゆうひ》はしずむんですね。」

「それでって？」

「だって、今《いま》、キリンさん、夕日《ゆうひ》はぐっとおもいって、そういったでしょ。」

「おもいっていったんじゃなくて、おもむきがあるといったんですよ。」

「わかってますよ。しみじみとしたあじわいがあるっ

て、そういうことでしょ。ちょっとじょうだんをいっただけです。」

「まったくもう、ダチョウさんはじょうだんがすきなんだから。」

そういえば、さっき、おかしなものを見《み》ましたよ。」
「おかしなものって？」

「わたし、首《くび》が長《なが》いから、とおくのものでも、よく見《み》えるんです。
ジャングルからニシキヘビがやってきたんです。そのニシキヘビが
シママングースのわかものといっしょに、ゾウを見《み》ていました。」
「あのね、キリンさん。キリンさんだって、じょうだんがすきじゃ
ないですか。サバンナにニシキヘビがやってくることは、めったに
ありません。それだけだって、めずらしいのに、そのニシキヘビ
が、なんですって？　シママングースのわかものとゾウを見《み》てたで
すって？　そんなことといったら、わらわれますよ。」
「だれに、わらわれるんです？」
「わたしですよ。ワッハッハッハッ！」
「それ、わらったんじゃなくて、ただ、『ワッハッハッハッ！』っ

ていっただけじゃないですか。」

「わかりますか？」

「わかりますよ。」

「だけど、キリンさん。サバンナでは、いろんなことがおこりますから、シママングースがヘビを二ひきつれて、ゾウを見《み》にいくことくらい、あるかもしれませんね。」

「あのね、ダチョウさん。シママングースといっしょにいたのは、二ひきのヘビじゃあなくて、ニシキヘビですよ。」

「わかってますよ。ちょっとじょうだんをいっただけです。それより、キリンさん。わたし、そろそろだと思《おも》うんですよ。」

「あ、やっぱり？　わたしもですよ、ダチョウさん。」

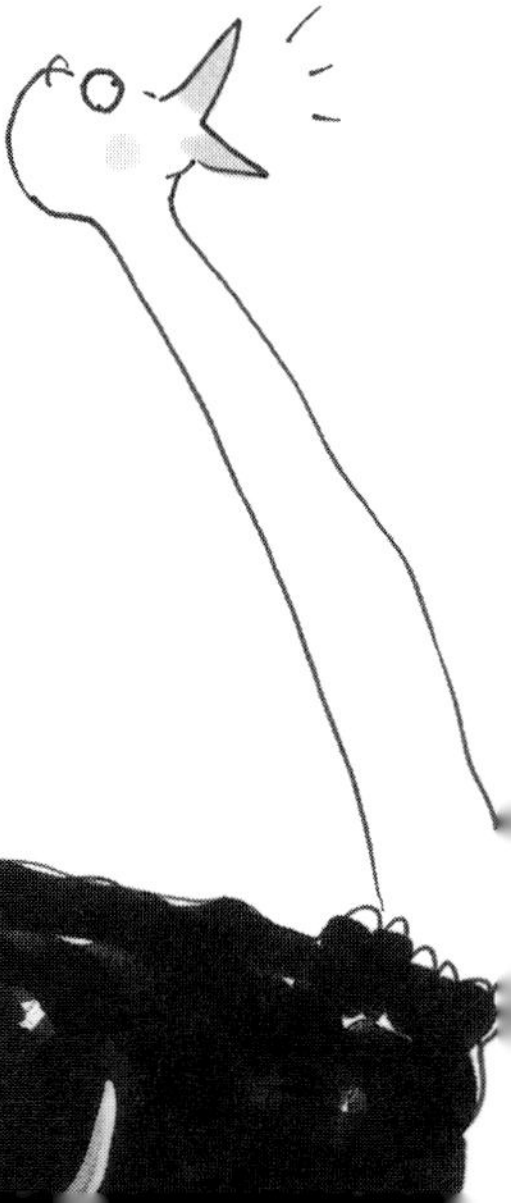

「キリンさんにも、わかりますか。」

「わかりますよ。」

「なにがわかるのか、ねんのため、いってみてください。」

「いいですよ。そろそろ……。」

「そろそろ？」

「そろそろ……。」

「そろそろ？」

「そろそろ……。そろそろ、日《ひ》がくれます！」

「あのね、キリンさん。今《いま》、夕日《ゆうひ》がしずんでいくところを見《み》てるんですから、そんなこと、だれにだってわかりますよ。わたしがいっているのは、そのことじゃありません。」

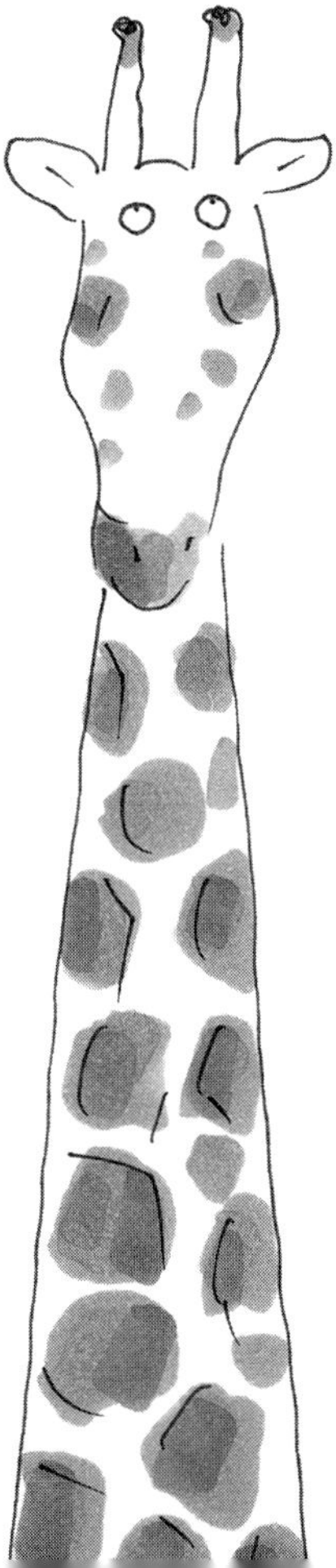

「わかってますよ。夕日《ゆうひ》といったのは、じょうだんです。」

「じゃあ、ほんとうは、なにがわかるんです。」

「それは、あれですよ。」

「あれって？」

「だから、あれです。だけど、ダチョウさん。ダチョウさんも、ほんとうに、あれがわかってるんですか？」

「わかってますよ。」

「じゃあ、いってみてくださいよ。」

「そんなことといって、ほんとうはキリンさん。そろそろなんなのか、わからないんじゃないですか？」

「わかってますよ。」

「じゃあ、いってくださいよ。」

「それなら、どうじにいいましょう。わたしが、『せーの』って
いったら、いっしょにいうんですよ。」

「わかりました。さあ、どうぞ！」

「せーの！」

そのあと、ふたりはどうじにおなじことをいいました。

「そろそろ、雨《あめ》のきせつだ！」

そういえば、風《かぜ》にしめりけがあるみたい……。

雨《あめ》のきせつがはじまれば、かわいた大地《だいち》がうるおって、草《くさ》がどんどんはえてきます。

ゾウのこどもたちも、水《みず》をたっぷりのんで、おとうさんとたのし

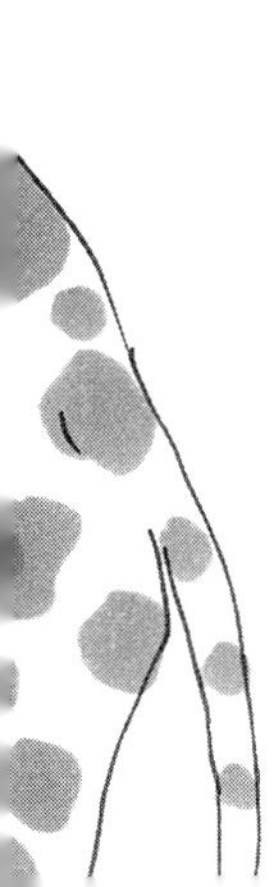

く水《みず》あそびができるというものです。

夜《よる》

くらい空《そら》いっぱいに、金色《きんいろ》や銀色《ぎんいろ》の星《ほし》がかがやいています。

月《つき》はありません。

サバンナのまん中《なか》のものすごく高《たか》いバオバブのいちばん高《たか》いえだでは、大《おお》きいハゲワシがもうねむっています。

日《ひ》がくれるころ、そのえだのすぐ下《した》のえだから、アフリカワシミミズクが、

「いってきます、ハゲワシさん。」

と、とびたっていくとまもなく、そこにワシがもどってきました。そして、ハゲワシに、

「おやすみなさい。」

といってから、ねむりにつきました。

ところが、それからすこし時間《じかん》がたって、空《そら》がすっかりくらくなり、星《ほし》がまたたきはじめると、アフリカワシミミズクがもどってきて、ワシをおこしました。

「ワシさん、ワシさん。おきてください。」

ワシは目《め》をさましていいました。

「なんです？　アフリカワシミミズクさん。なにかありましたか？」

「いえ、とくになにか、じけんがあったわけじゃないんですけど、今《いま》、夜空《よぞら》をとんでいて、思《おも》いついたことがあるんです。」

アフリカワシミミズクのことばに、ワシは首《くび》をかしげて、たずねました。

「思《おも》いついたことって、なんです？」

アフリカワシミミズクは上《うえ》をむき、天《あま》の川《がわ》を見《み》てから、いいました。

「ワシさんは、天《あま》の川《がわ》のことを川《かわ》だと思《おも》ってるんでしょ？」

ワシはうなずきました。

「もちろんです。天《あま》の川《がわ》は夜空《よぞら》をながれる川《かわ》です。だから、天《あま》の川《がわ》っていうんです。けさも、わたしはそれをたしかめるため、空高《そらたか》くとんでいったのですが、とちゅうで夜《よ》が明《あ》け、天《あま》の川《がわ》が見《み》えなくなったので、もどってきたんです。」

「やっぱりね。それで、わたし、思《おも》うんですけど、もっと近《ちか》くまであがっていったら、天《あま》の川《がわ》がほかの星《ほし》とおなじだって、わかるん

じゃないかってね。」
「だけど、高《たか》いところにとどくまえに、夜《よ》が明《あ》けてしまいますからね。」
「そこで、ていあんなんですけど、どうです？　わたしが、『ホー、ホー。』って、なきながら、しかも、ときどき、バサバサつばさをはばたかせてとびますから、その音《おと》をたよりに、今《いま》からわたしについてきませんか。そうすれば、高《たか》いところまでいっても、かえりもだいじょうぶですし、天《あま》の川《がわ》が川《かわ》じゃなくて、星《ほし》のあつまりだって、わかってもらえるかなって。」

「わかりました。そうすれば、天《あま》の川《がわ》が川《かわ》だって、アフリカワシミミズクさんにも、わかってもらえるでしょうしね。それなら、おねがいします。いっしょにいってください。」

「それじゃあ、いきますよ。」

といい、

「ホー!」

とひと声《こえ》あげると、アフリカワシミミズクはバサバサとつばさをはばたかせ、空《そら》にまいあがりました。

アフリカワシミミズクは音《おと》をたてずに、つばさをはばたかせることができますが、ワシにきこえるように、わざと音《おと》をたてたのです。

あとからワシがとびたちます。

「ホー！」

とアフリカワシミミズクがなくと、

「クエィ！」

とワシがへんじをします。まえをとぶアフリカワシミミズクに、じぶんがちゃんとついていっていることをしらせるためです。

「ホー！」

「クエィ！」

「ホー！」

「クエィ！」

「ホー！」

「クエィ！」

アフリカワシミミズクとワシが夜空《よぞら》をあがっていきます。

「ホー！」

「クエィ！」

「ホー！」

「クエィ！」

「ホー！」

「クエィ！」

風《かぜ》がつめたくなってきました。

とっくに、ワシには、空《そら》の星《ほし》と天《あま》の川《がわ》しか見《み》えなくなっていま
す。でも、どんなに高《たか》くあがっていっても、天《あま》の川《がわ》はちかづいて
きません。

そんなことは、アフリカワシミミズクにはわかっています。
天《あま》の川《がわ》は星《ほし》のあつまりだから、どんなにとんでいっても、とどか
ないということを、アフリカワシミミズクはワシにわかってもらい
たいのです。

「ホー！」

「クエィ！」

「ホー！」

「クエィ！」

「ホー！」

「クエィ！」

空気《くうき》がうすくなってきました。

そろそろ、鳥《とり》があがれるげんかいです。

アフリカワシミミズクもワシもいきがくるしくなって、声《こえ》もよくでません。

ホーがオーになり、クエィがウエェになっています。

「オー……。」

「ウエェ……。」

「オー……。」

「ウエェ……。」

そのときです。夜空《よぞら》から雨《あめ》がふってきました！

雨《あめ》のきせつがはじまったのです。

「ほら、やっぱりそうじゃないですか。」

とワシはいいました。

「そうって、なにが？」

ワシのほうにふりむいて、アフリカワシミミズクがそういうと、
ワシは自信《じしん》たっぷりにいいました。

「やっぱり天《あま》の川《がわ》は川《かわ》なんです。だから、こうやって、ちかくに

ると、水《みず》しぶきがかかるんです！」

「そ、そんな……。」

アフリカワシミミズクはあきれかえりそうになりましたが、そのとき、気《き》づきました。

べつに天《あま》の川《がわ》が星《ほし》のあつまりじゃなくて、空《そら》をながれる川《かわ》だと思《おも》っていたって、なにもこまらないんじゃないだろうか……って。

アフリカワシミミズクは、

「そうですね、ワシさん。それじゃあ、そろそろもどりましょうか。」

といって、つばさをかたむけ、

「オー……。」

とないて、ゆっくりと空《そら》をくだりはじめました。

「ウエェ……。」

とへんじをして、ワシがあとにつづきます。

くだってくるにつれ、声《こえ》がもとにもどってきました。

「ホー！」

「クエィ！」

「ホー！」

「クエィ！」

「ホー！」

「クエィ！」

バオバブのハゲワシにも、その声《こえ》がきこえてきました。

けれども、ハゲワシは半分《はんぶん》ゆめの中《なか》。

どんなゆめかって？

ハゲワシはハクチョウを見《み》たことがありません。白《しろ》くて大《おお》きな、きれいな鳥《とり》だということしかしりません。

ゆめの中《なか》で、ハゲワシはうつくしいハクチョウとならんで、おたがいになき声《ごえ》をあげながら、空《そら》をながれる大《おお》きな川《かわ》をわたっているところなのです。

ほら、ハゲワシの頭《あたま》にも、天《あま》の川《がわ》の水《みず》しぶきがかかりました。

朝《あさ》にはしっかり雨《あめ》のきせつがはじまって、きっと大雨《おおあめ》になりますよ。

SAVANNA

斉藤 洋(さいとうひろし)
1952年，東京都に生まれる。中央大学大学院文学研究科修了。作品に「ペンギン」シリーズ，「おばけずかん」シリーズ，『ルドルフとイッパイアッテナ』（講談社児童文学新人賞受賞），『ルドルフとスノーホワイト』（野間児童文芸賞受賞）など。

高畠 純(たかばたけじゅん)
1948年，愛知県に生まれる。愛知教育大学美術科卒業。作品に『だれのじてんしゃ』（ボローニャ国際児童図書展グラフィック賞受賞），『オー・スッパ』（日本絵本賞受賞），『ふたりのナマケモノ』（講談社出版文化賞絵本賞受賞）など。

わくわくライブラリー

サバンナの いちにち

2016年10月19日　第1刷発行

作　斉《さい》藤《とう》 洋《ひろし》

絵　高《たか》畠《ばたけ》 純《じゅん》

発行者　清水保雅

発行所　株式会社　講談社

東京都文京区音羽2-12-21(郵便番号112-8001)

電話　編集　03(5395)3535

販売　03(5395)3625

業務　03(5395)3615

N.D.C.913　110p　20cm

印刷所　共同印刷株式会社

製本所　島田製本株式会社

シリーズマーク／いがらしみきお　本文DTP／脇田明日香

ISBN978-4-06-195775-6

「サバンナのいちにち」の姉妹編

どうぶつえんの いっしゅうかん

斉藤洋・作　高畠純・絵

夢を食べすぎておなかをこわしたバク、
ほえるサービスをしすぎて声をからした
気のいいライオン、自分勝手なペンギンなど、
ゆかいな動物が7日間、日がわりで登場。

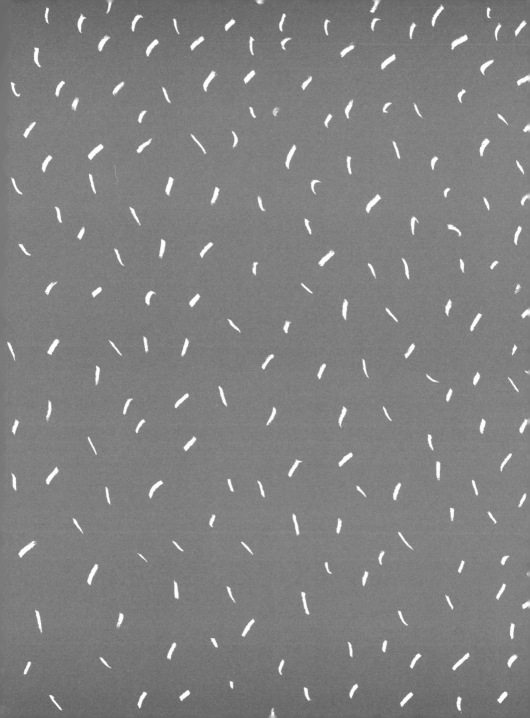